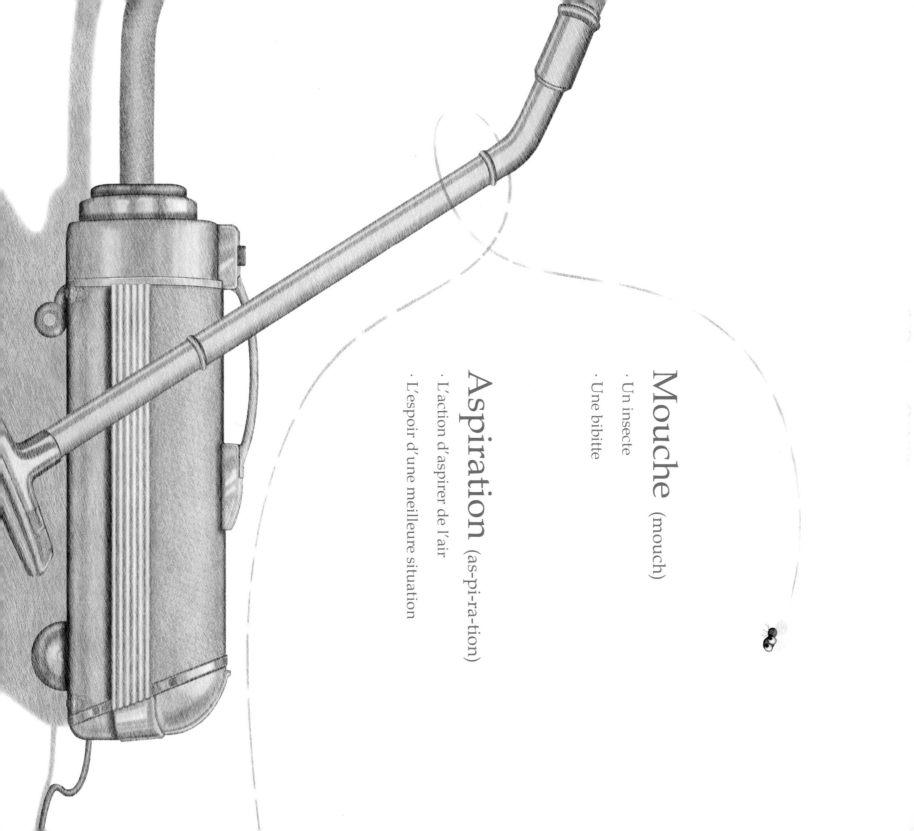

Mouche (mouch)

· Un insecte

· Une bibitte

Aspiration (as-pi-ra-tion)

· L'action d'aspirer de l'air

· L'espoir d'une meilleure situation

Pour grand-maman, Gaëtan, Gigi, Gilles, Carmen et Louise

La MOUCHE dans L'ASPIRATEUR

Écrit et illustré par *Mélanie Watt*

Éditions ■SCHOLASTIC

Tout commença ici.

NAPOLÉON

La mouche se dirigea vers la maison...

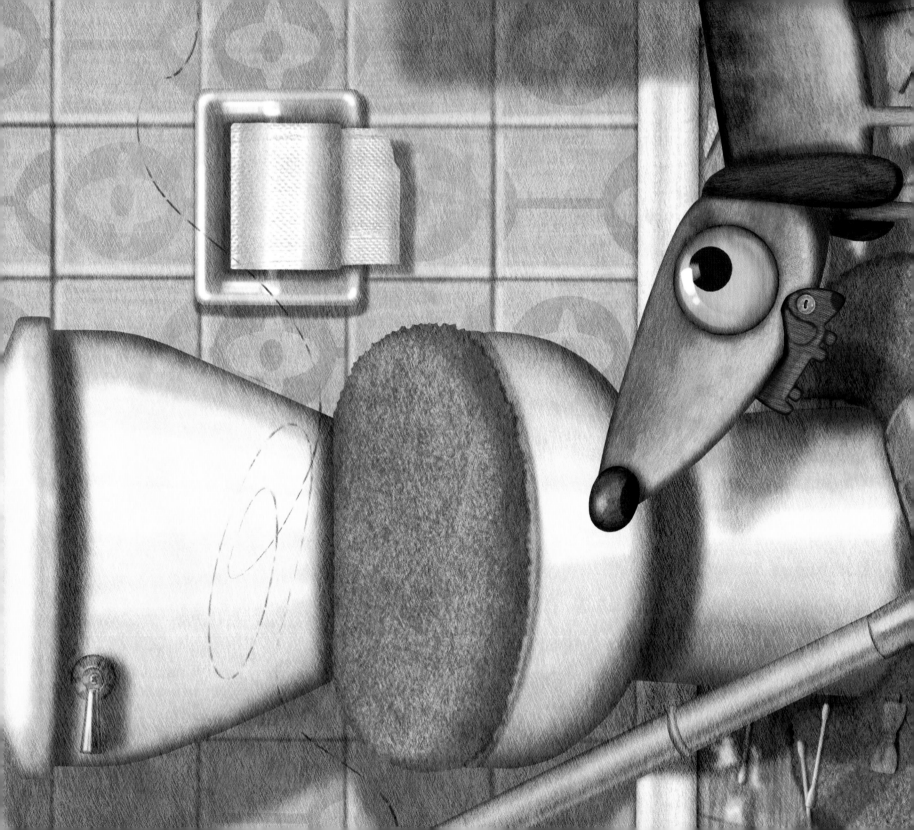

survola la salle de bain…

traversa la cuisine...

REPAS
CONGELÉ

COMMENT
SERVIR :

Réchauffer pour un plat délicieux!

RAPIDE ET SATISFAISANT

COMBATTRE
LA FAIM!

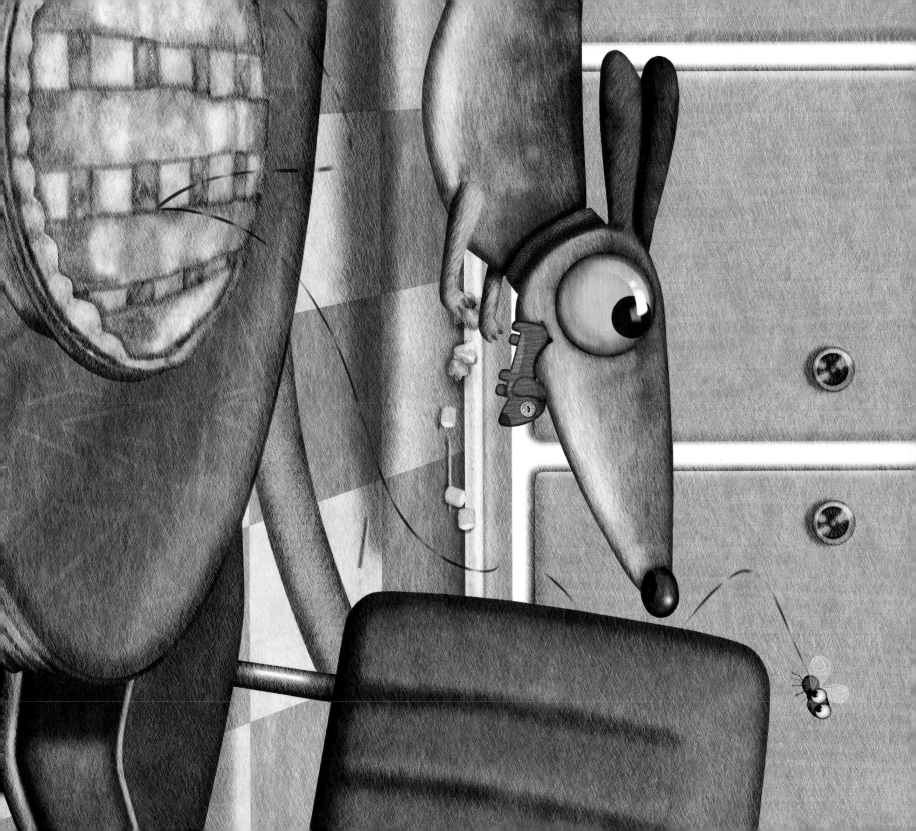

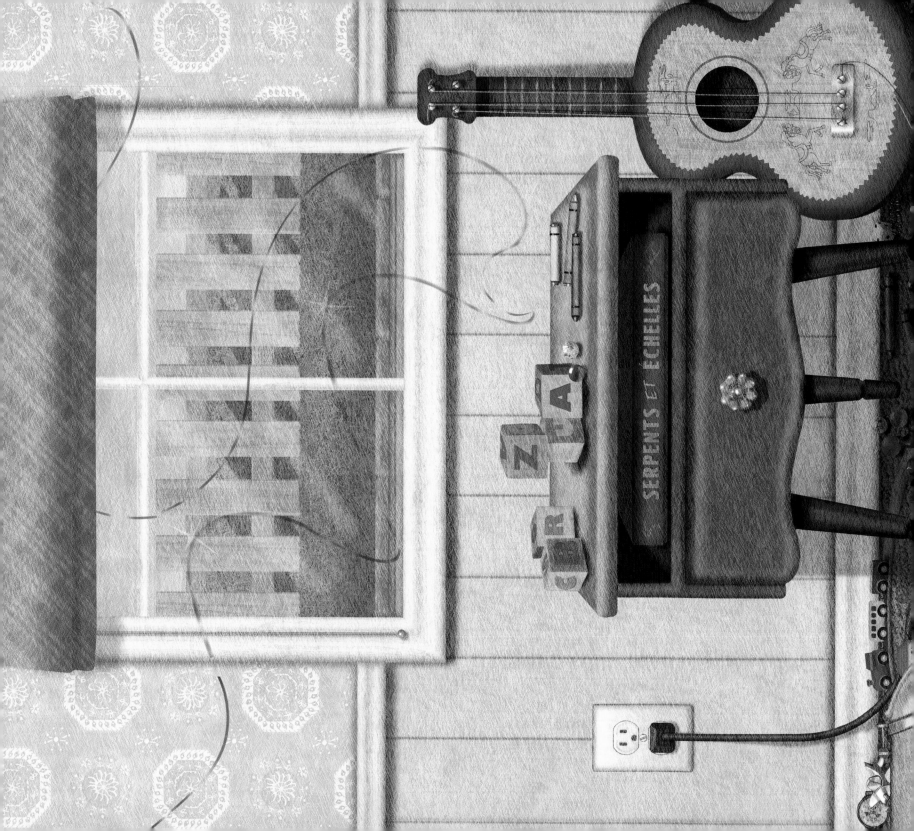

zigzagua dans la chambre à coucher…

et s'arrêta.

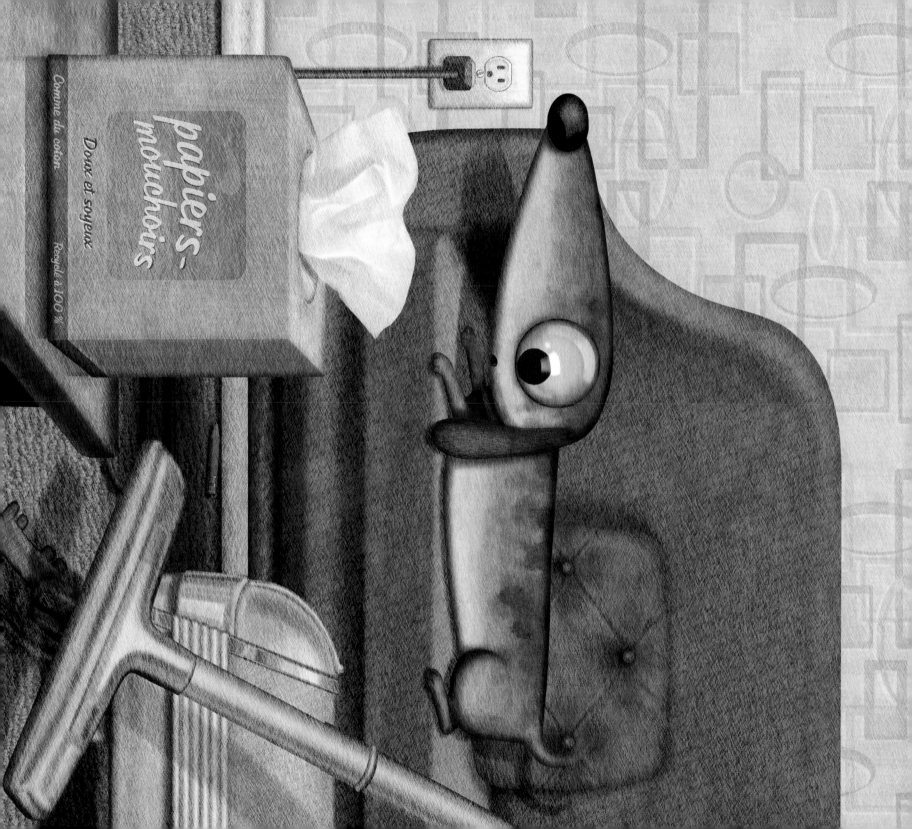

Elle était au sommet
du monde lorsque....

le bouton s'est enclenché.
C'est alors que sa vie a basculé.

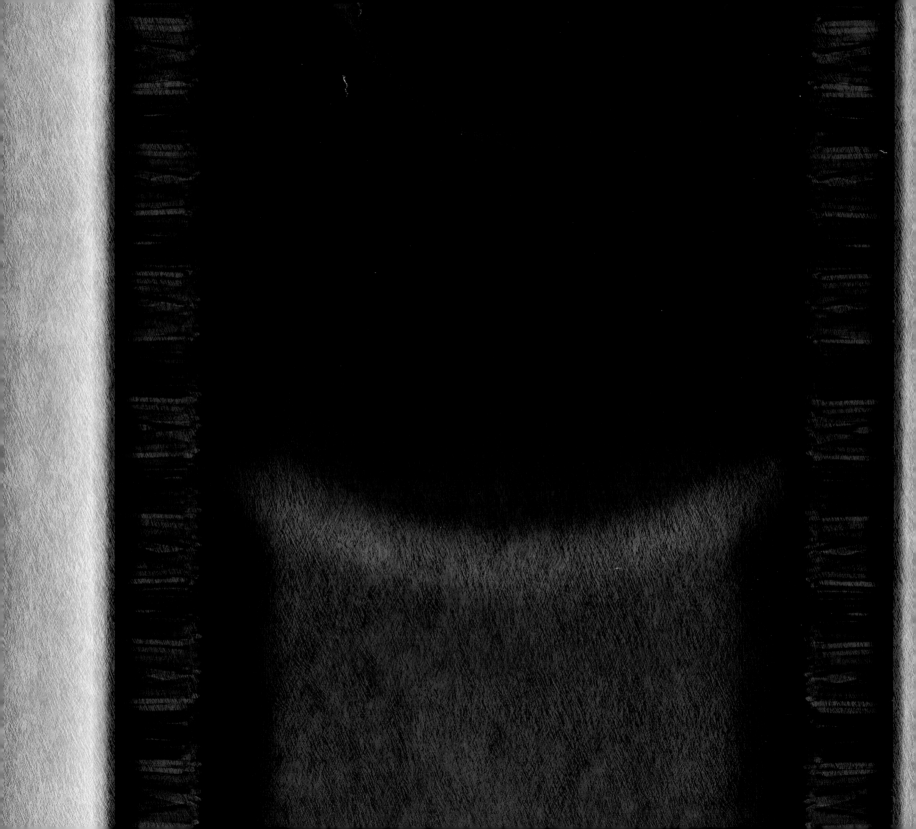

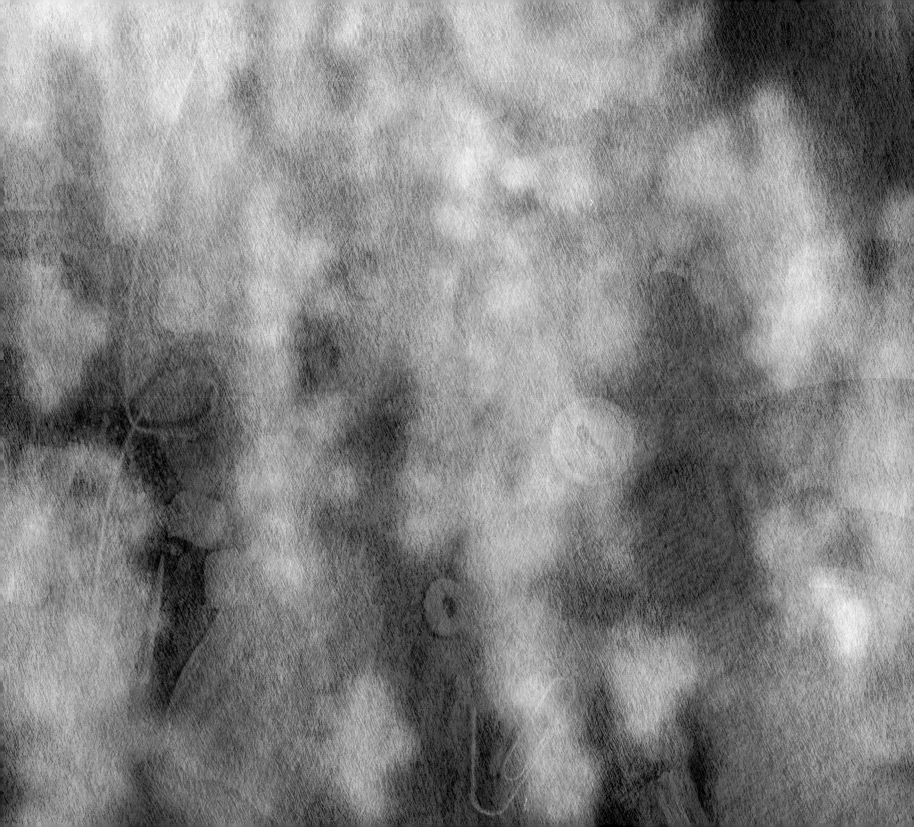

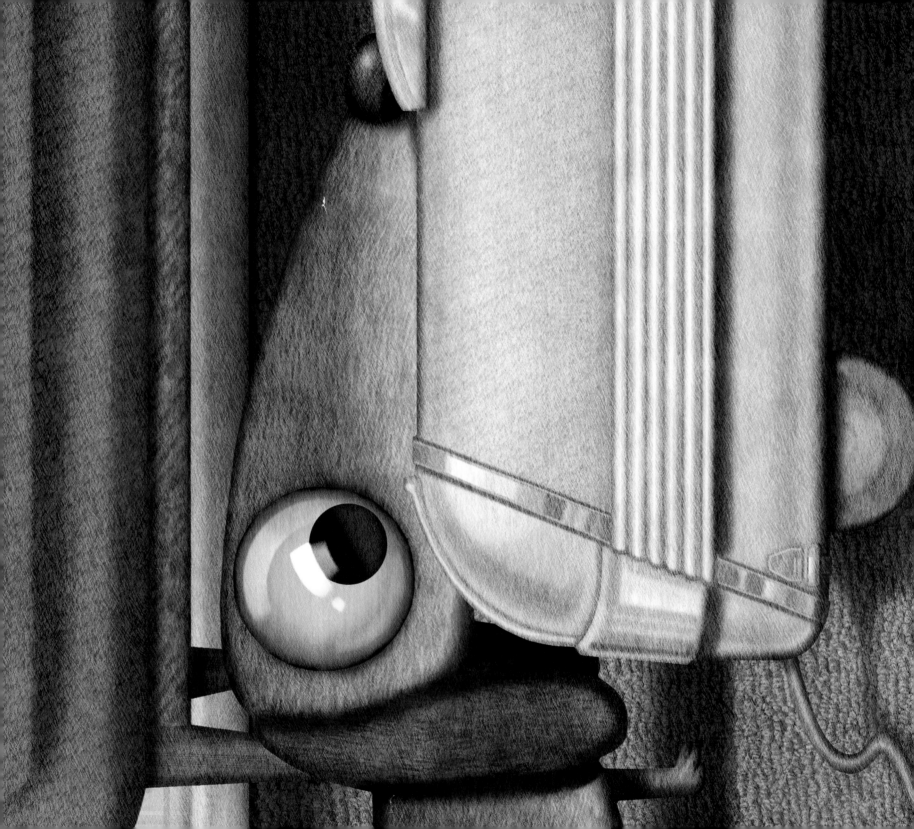

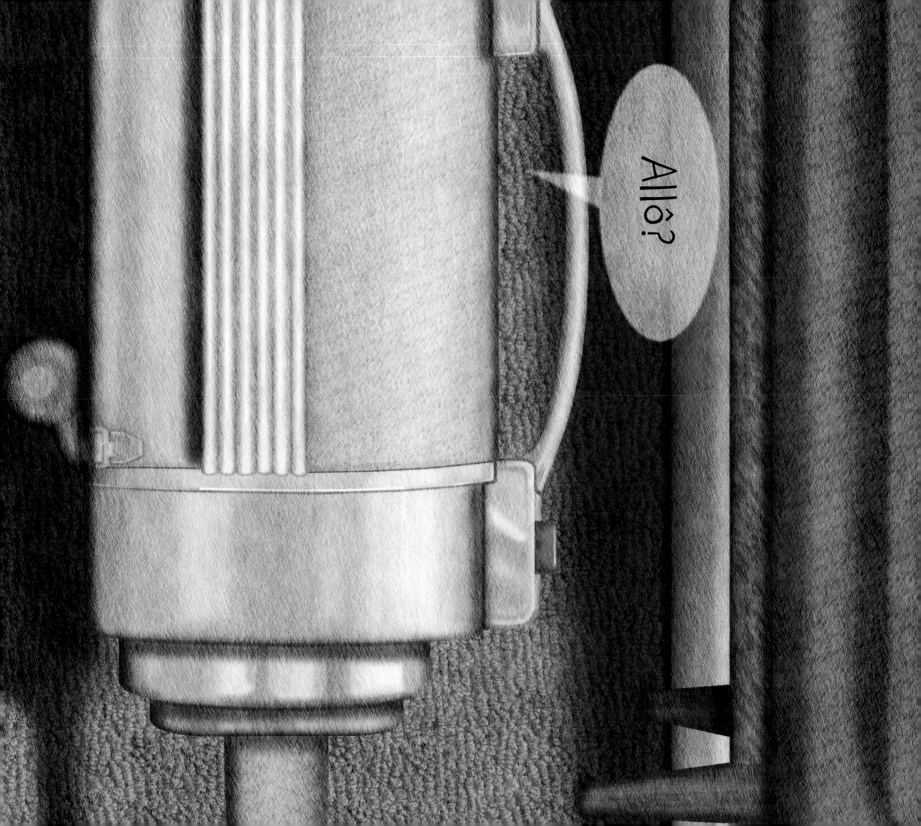

Phase un

C'est formidable!

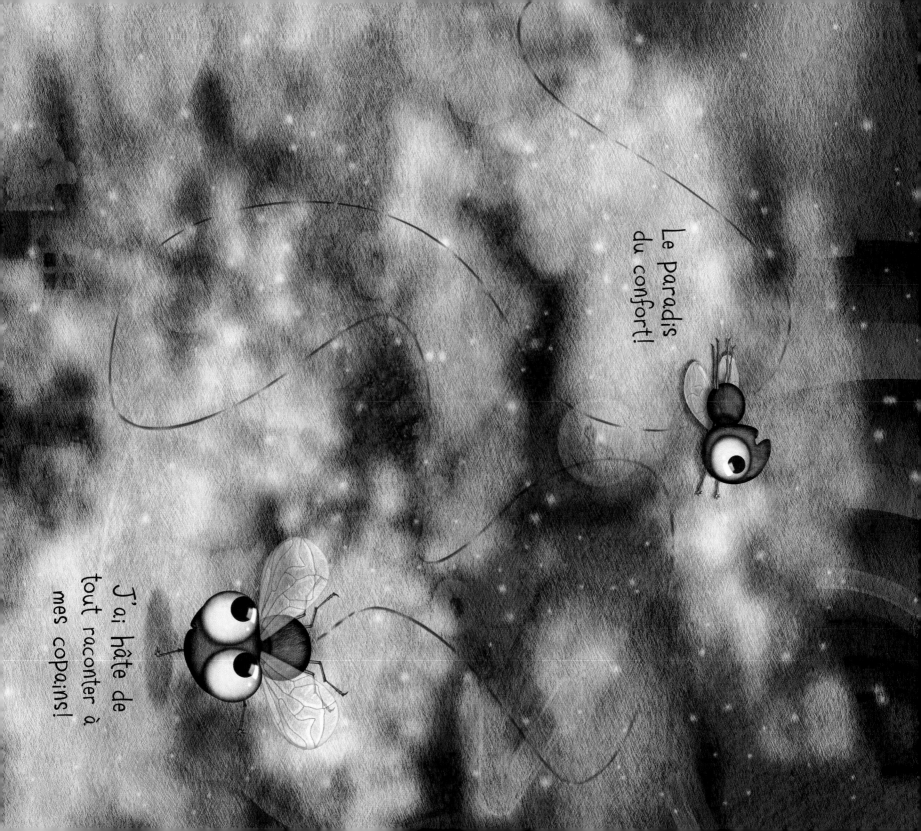

Le Paradis
du confort!

J'ai hâte de
tout raconter à
mes copains!

Hum, ça semble louche...

Les lumières sont éteintes
et c'est très silencieux...

Est-ce une... fête surprise?

Comme c'est
gentil d'être venus
à mon party!

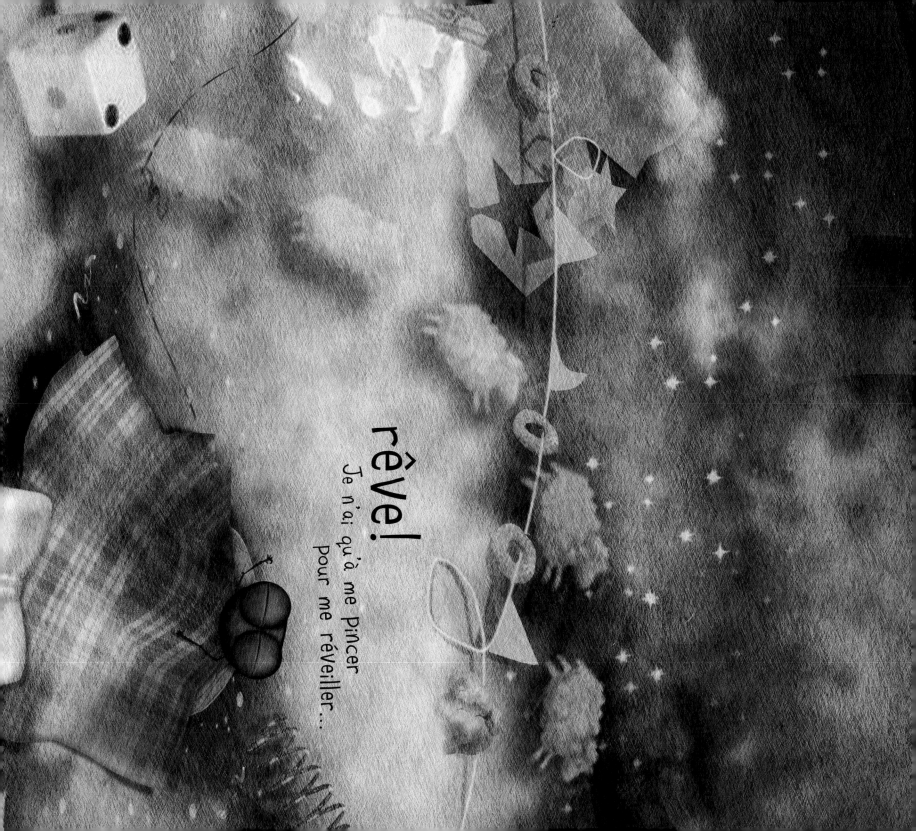

rêve!
Je n'ai qu'à me pincer
pour me réveiller...

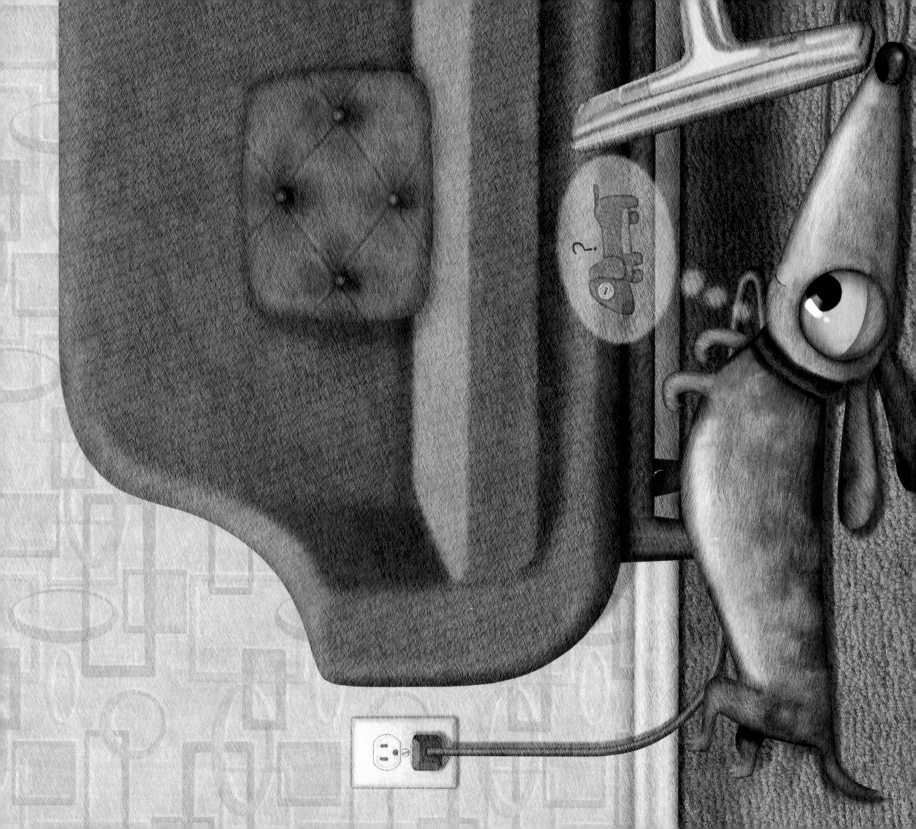

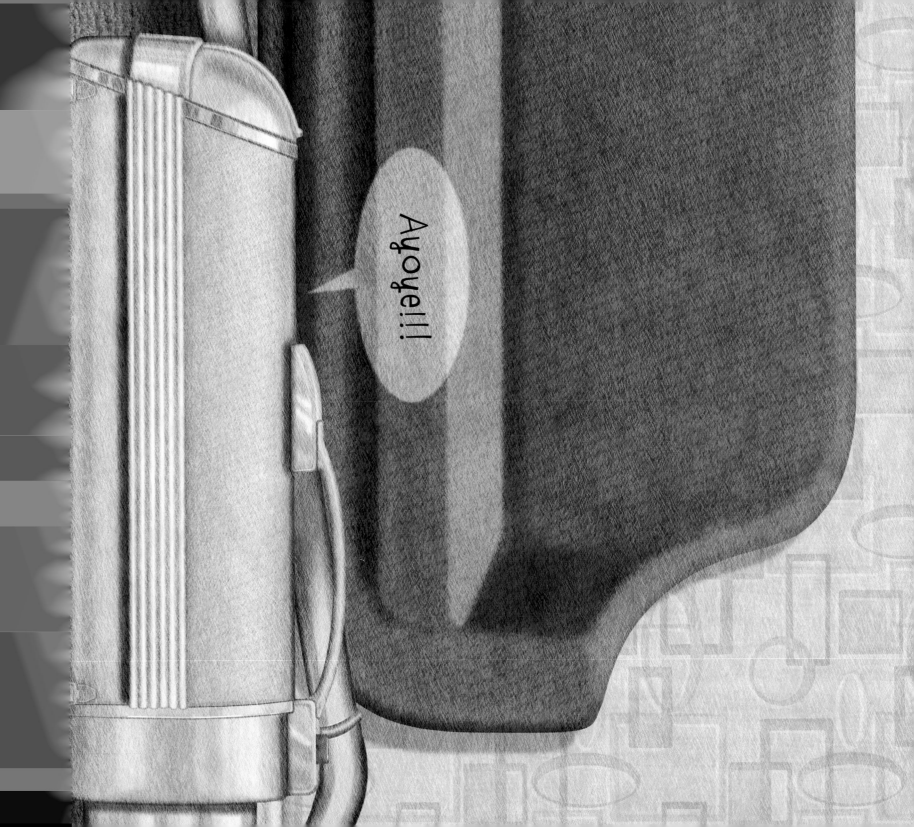

Phase deux

PARTIR À NEUF!

LE MEILLEUR DE LA NÉGOCIATION!

VIDEZ VOTRE CŒUR ICI →

Marchandage

Pour obtenir carte blanche
Pour s'en laver les mains
Pour faire des changements

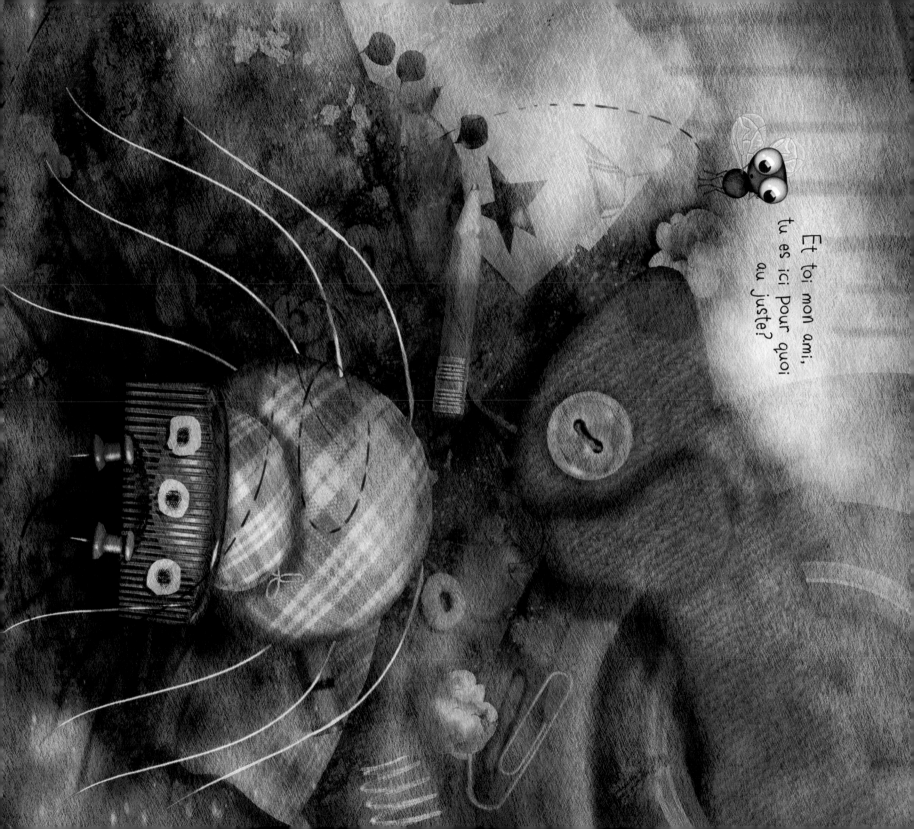

Et toi mon ami,
tu es ici pour quoi
au juste?

Oh là là!
Comme le temps file!
Je dois absolument partir.

Que diriez-vous de
m'aspirer plutôt
lundi prochain?

Ce soir,
je joue aux
quilles avec les
scarabées!

Tiguidou!
Je fais le grand
ménage dans
ma vie.

Je n'achalerai plus
jamais personne!

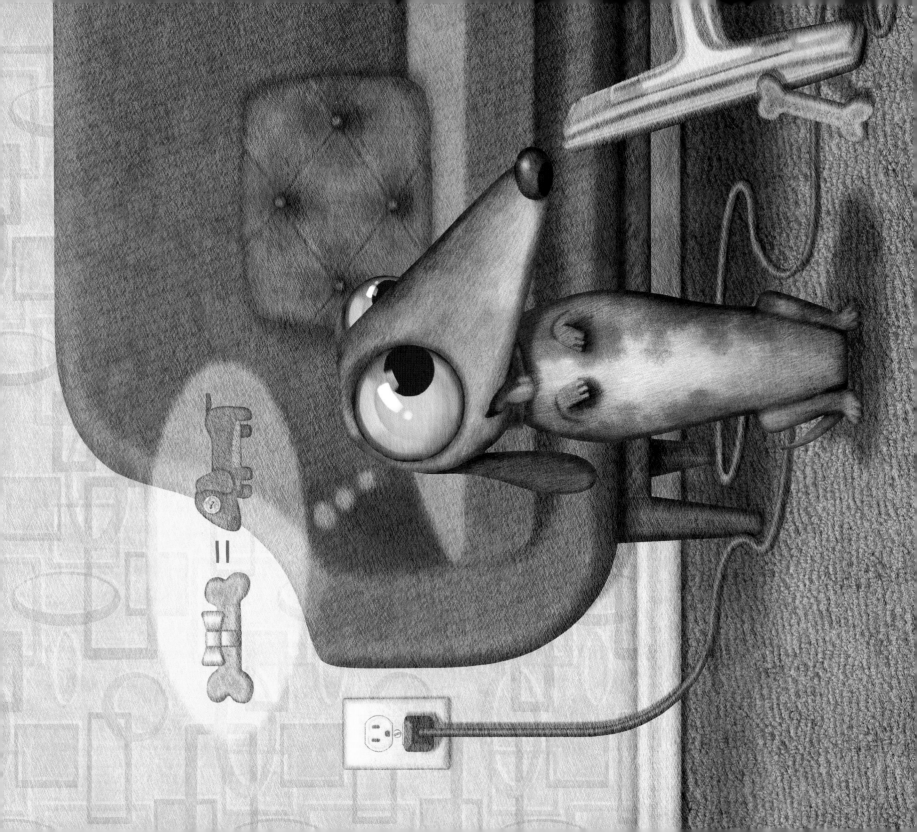

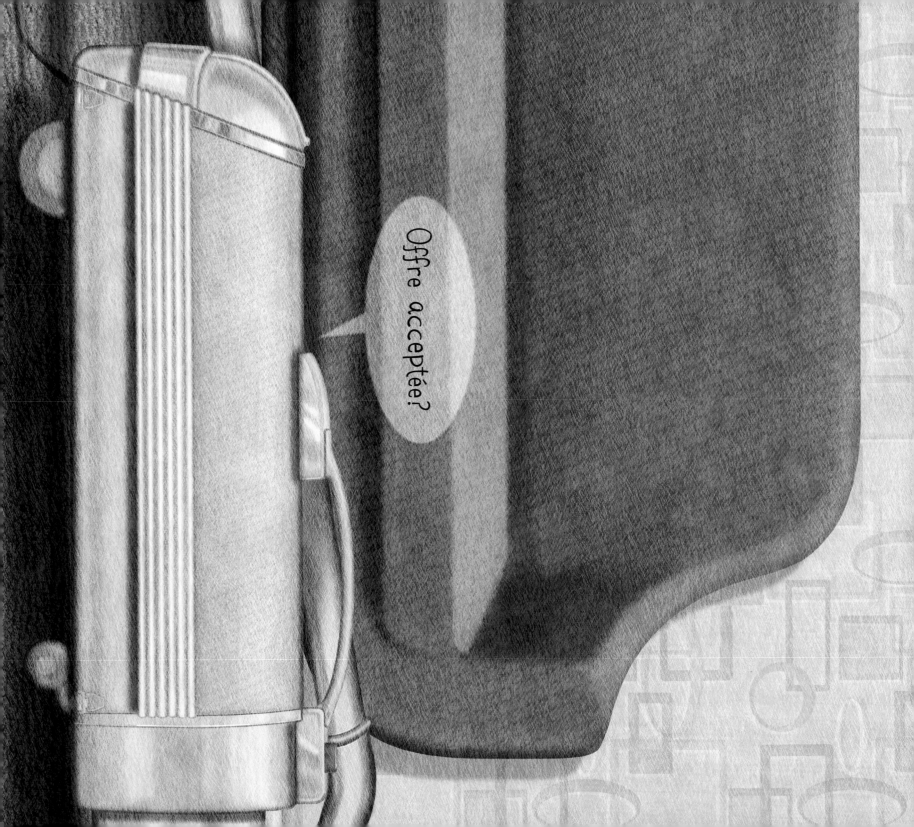

Phase trois

COMBATTRE L'ENNEMI!

Ingrédients : Une cuillerée d'aventure, une tasse de mauvaise humeur et une pincée de vengeance

COMMENT SERVIR :

Brasser et jeter de l'huile sur le feu!

RAPIDE ET SALISSANT

COLÈRE

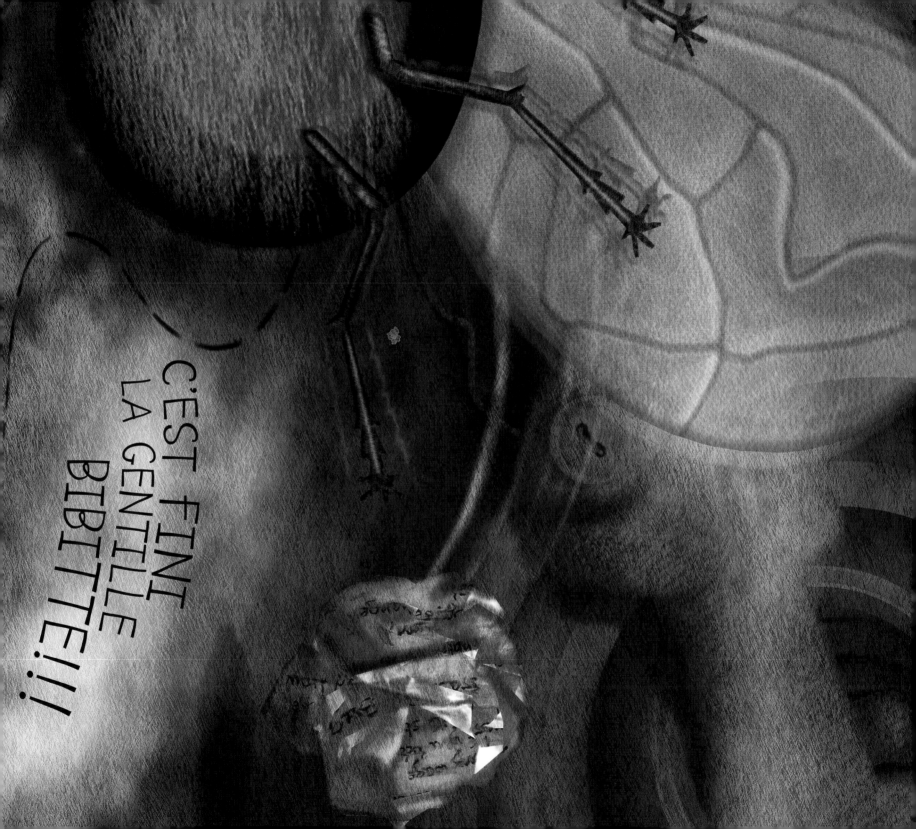

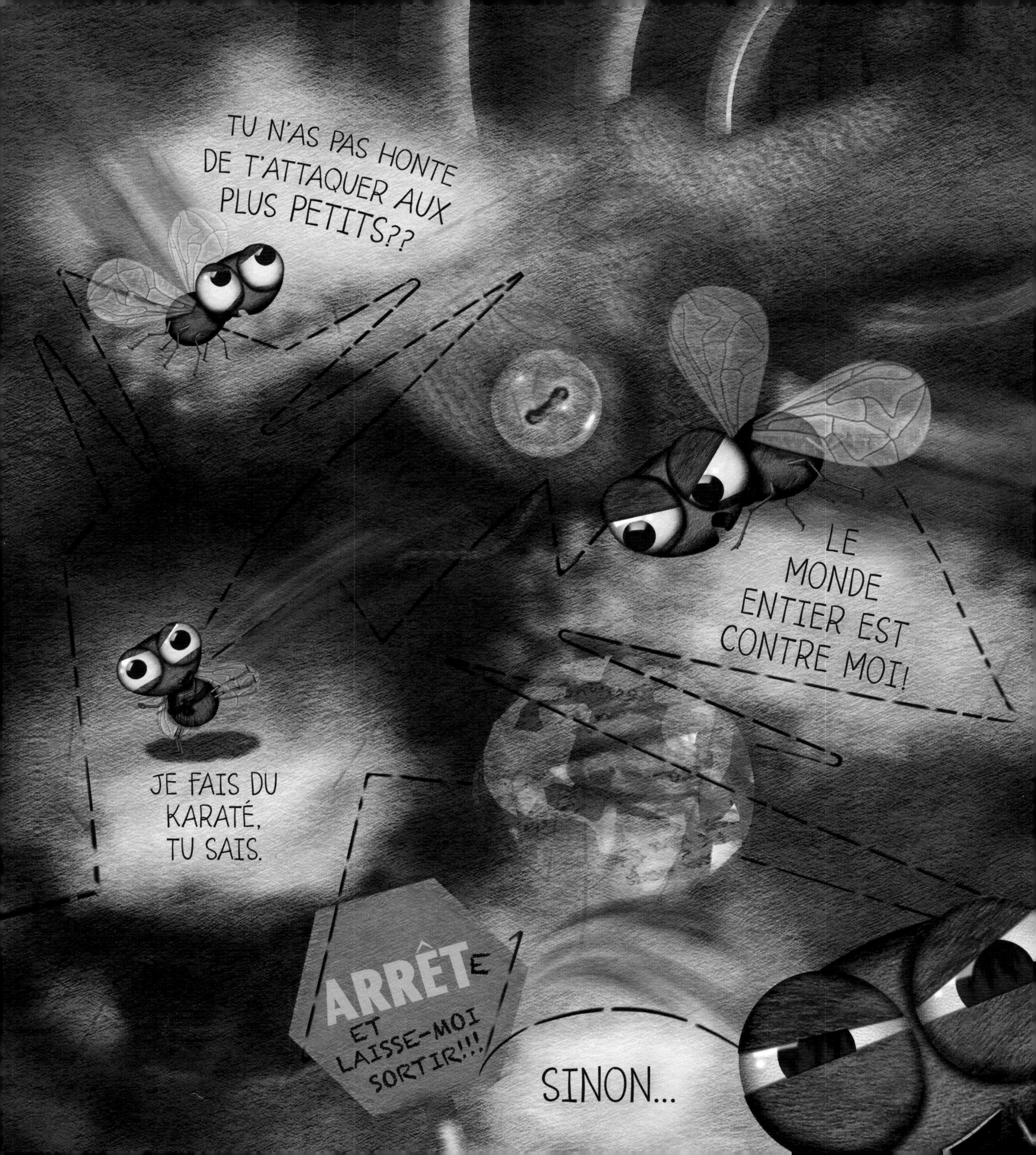
TU N'AS PAS HONTE DE T'ATTAQUER AUX PLUS PETITS??
LE MONDE ENTIER EST CONTRE MOI!
JE FAIS DU KARATÉ, TU SAIS.
ARRÊTE ET LAISSE-MOI SORTIR!!!
SINON...

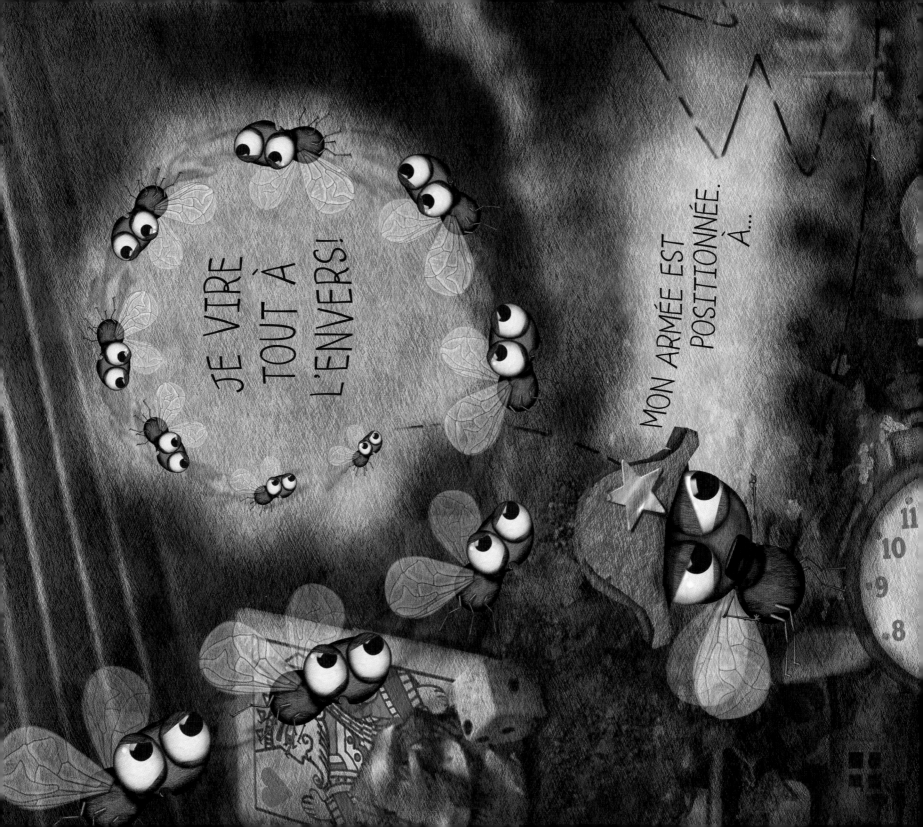

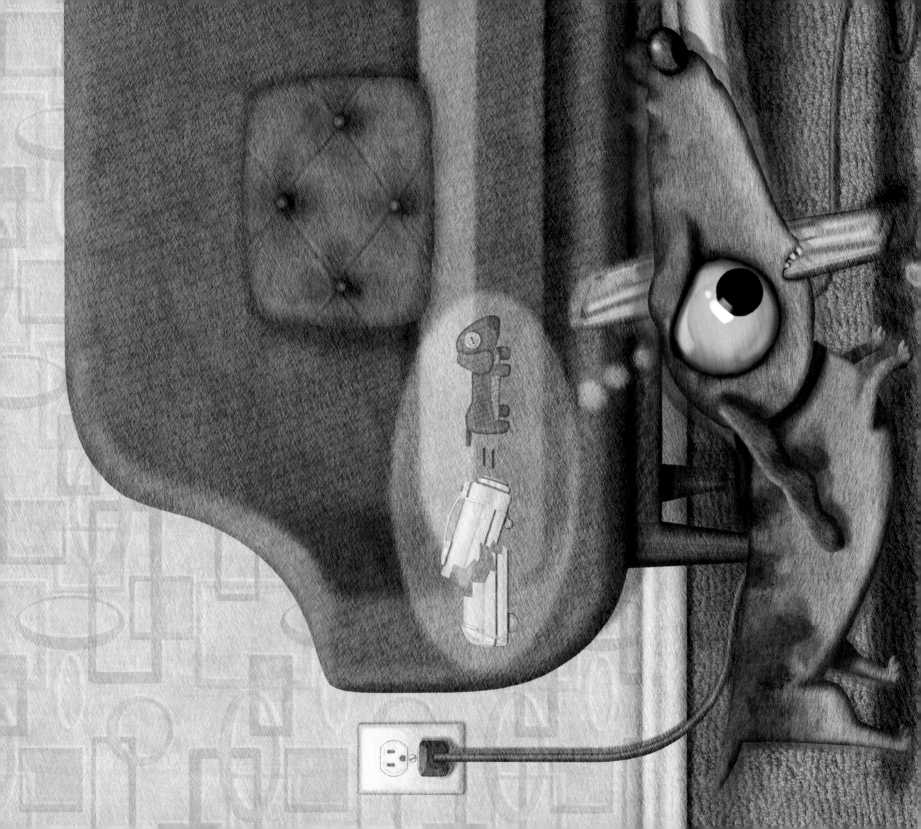

Ma vie est gâchée.

DÉSESPOIR

Un conte déprimant qui finit mal

Basé sur une histoire TRISTE EN BIBITTE

Phase quatre

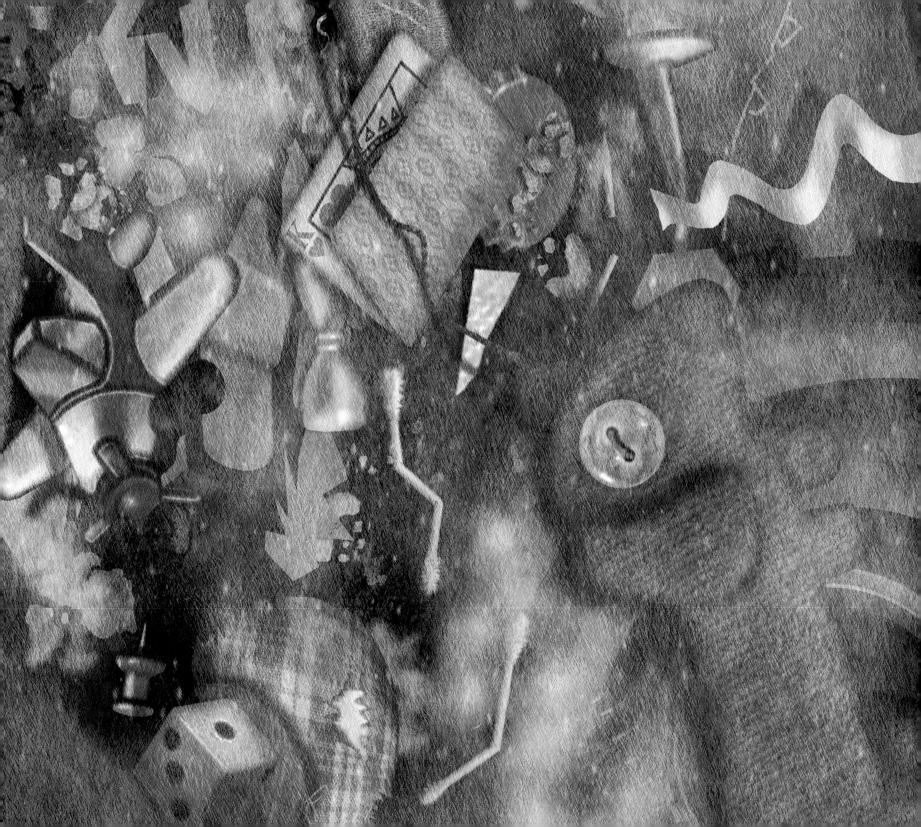

Quel désordre!
Impossible de ramasser tous les morceaux.

Regarde ce que je suis devenue...

une Prisonnière pour l'éternité.

Je ne verrai
plus jamais
le ciel.

Je ne ferai jamais rien d'extraordinaire.

Je n'ai pas d'avenir!

Il faut voir les choses en face.

Je ne voyagerai plus jamais.

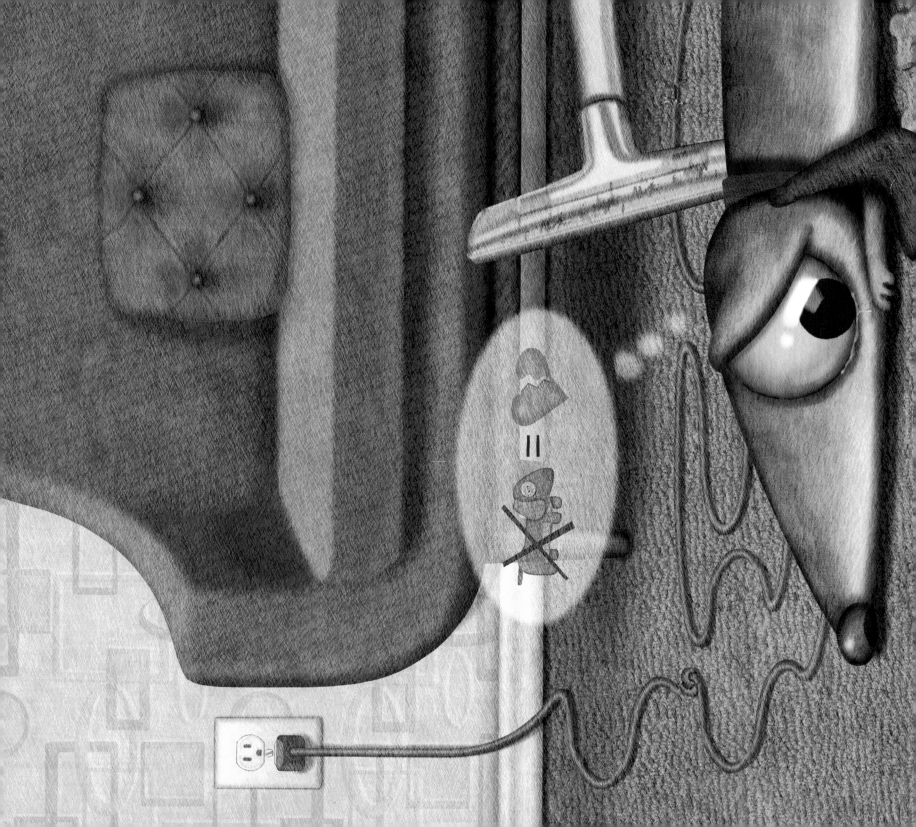

Phase cinq

Acceptation

Doux et réconfortant

Sans regret

Rempli d'émotions 100 % vraies

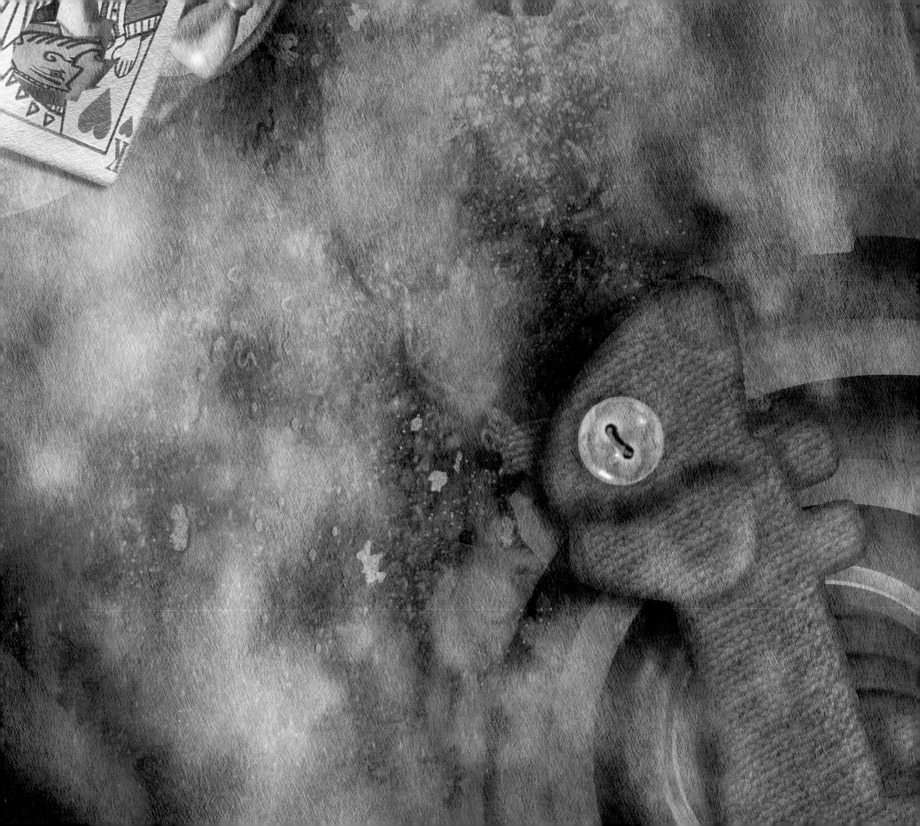

Mon imagination peut s'envoler.

J'apprécie ce que j'ai.

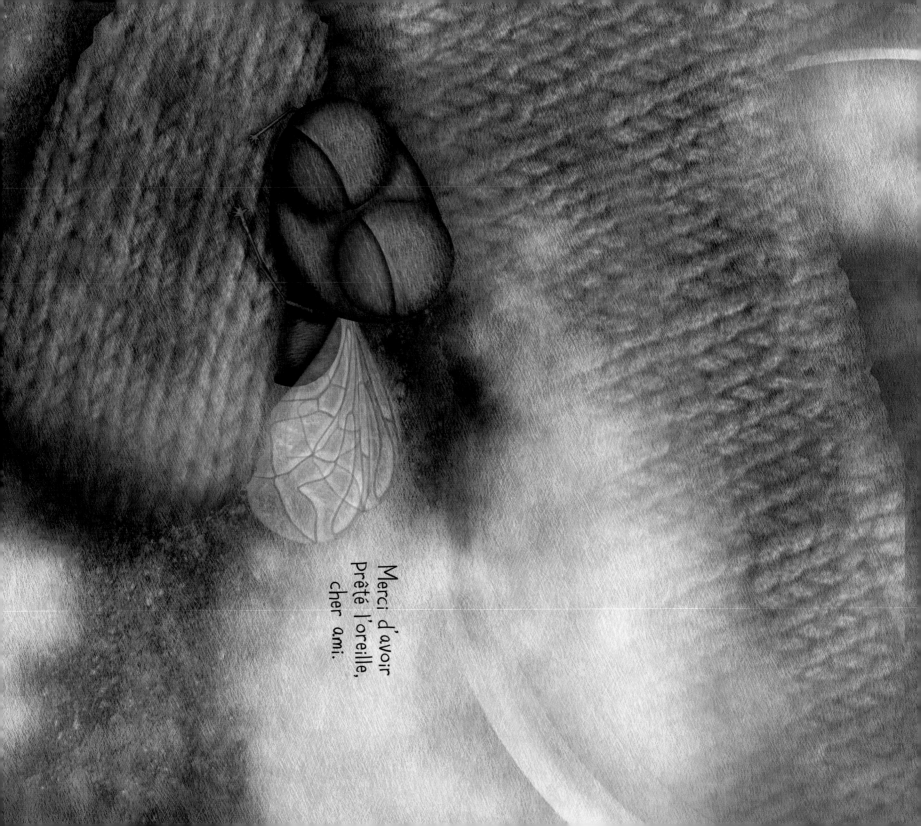

Merci d'avoir
prêté l'oreille,
cher ami.

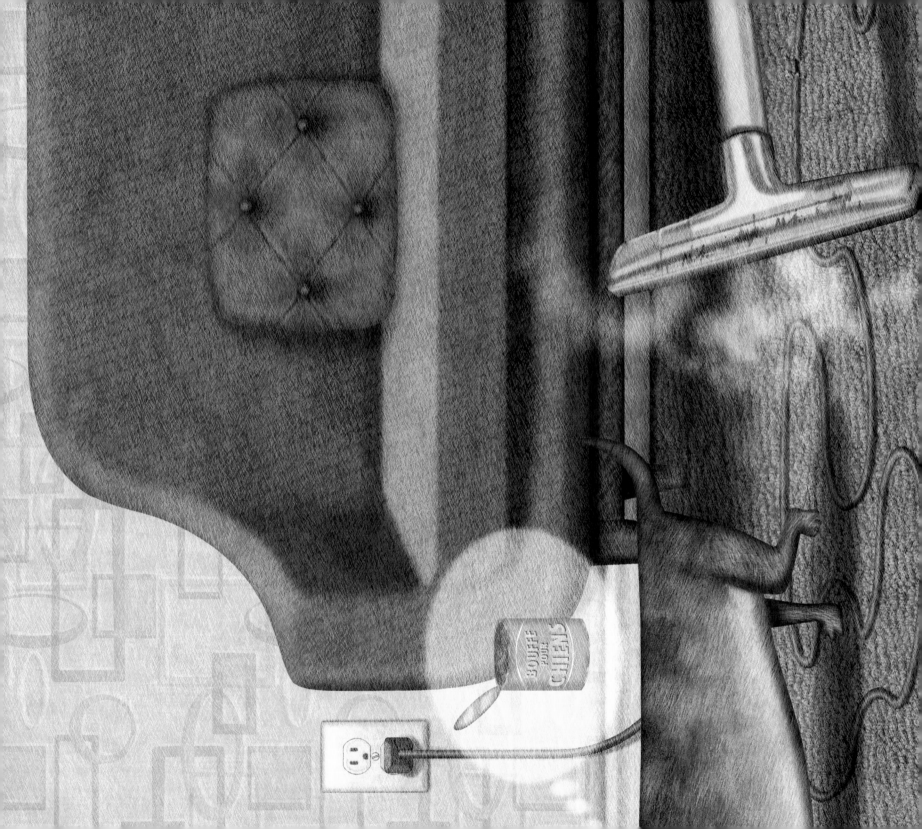

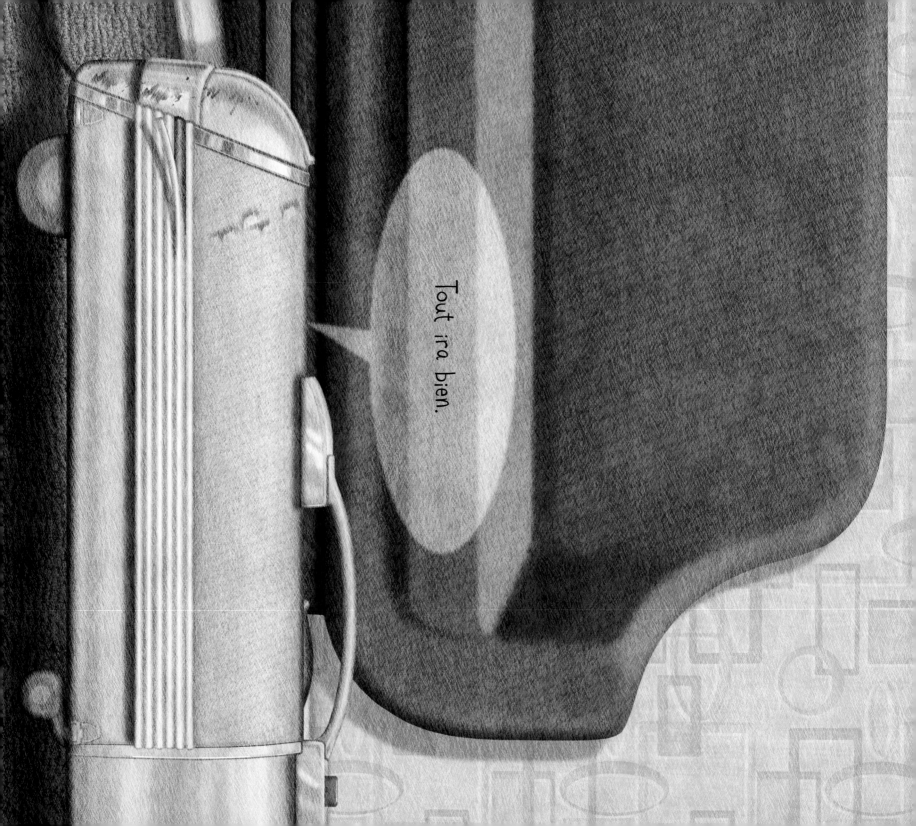

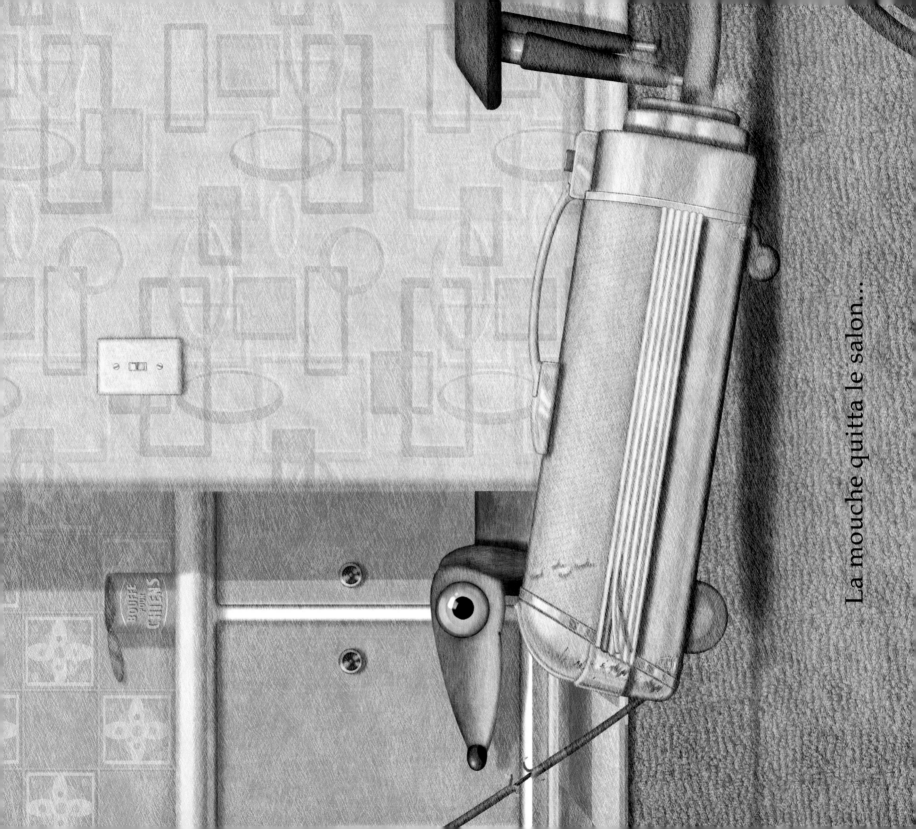

La mouche quitta le salon...

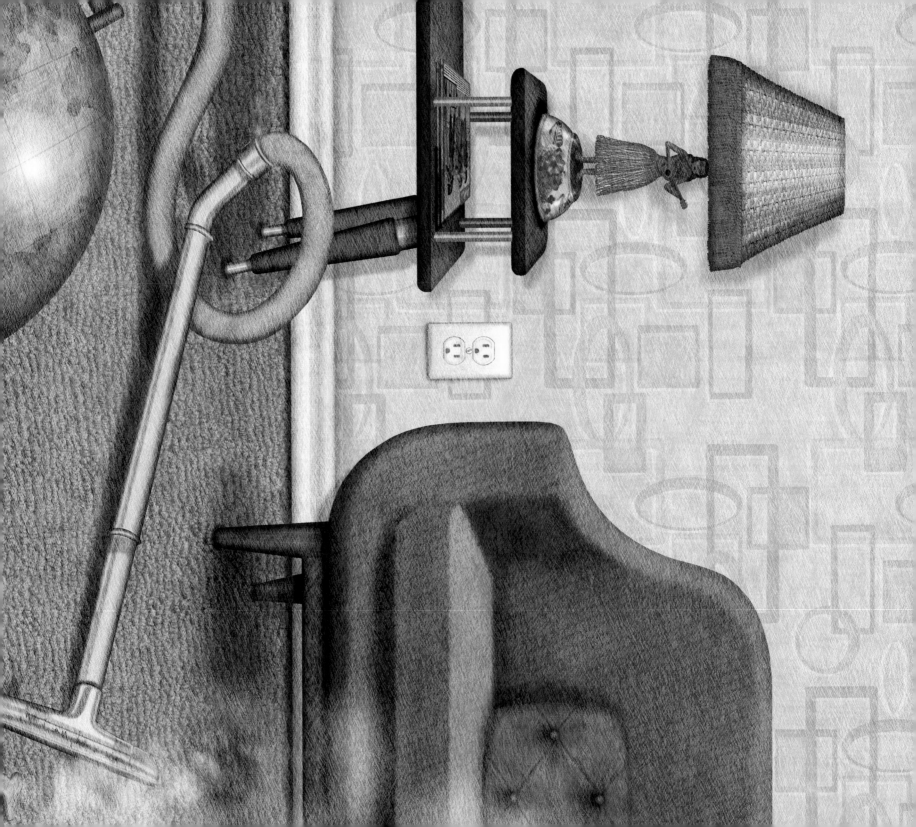

BOULE DOGUE
On ramasse tout!
SERVICE D'ORDURES

patienta au bout du trottoir...

avança dans la rue…

monta la colline...

tomba soudainement...

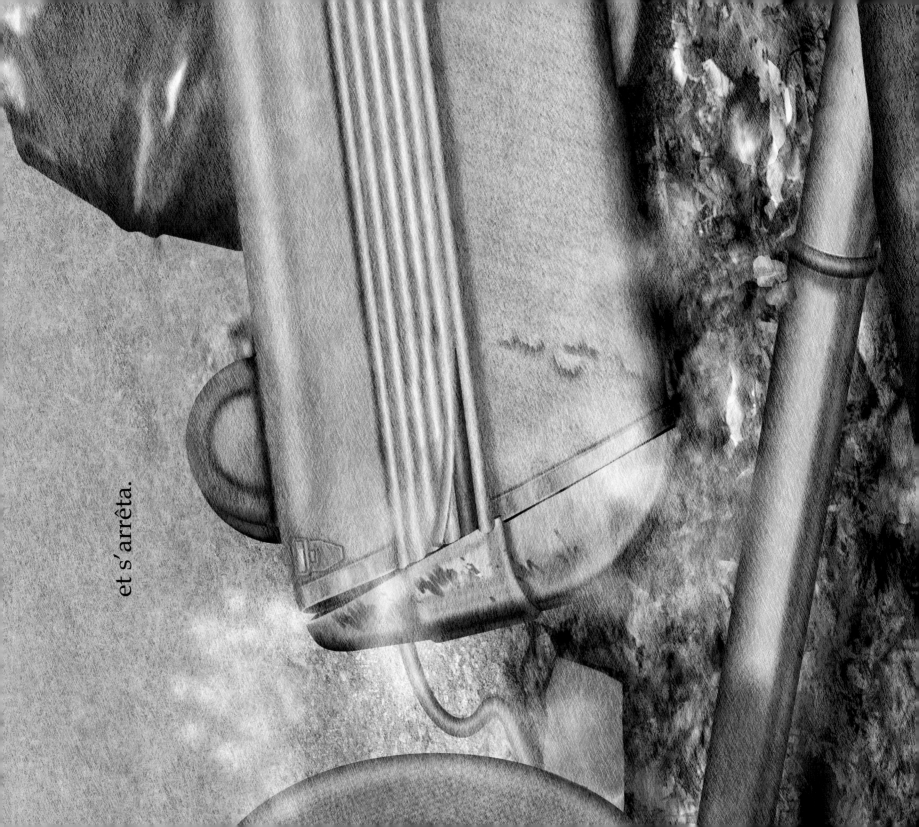

et s'arrêta.

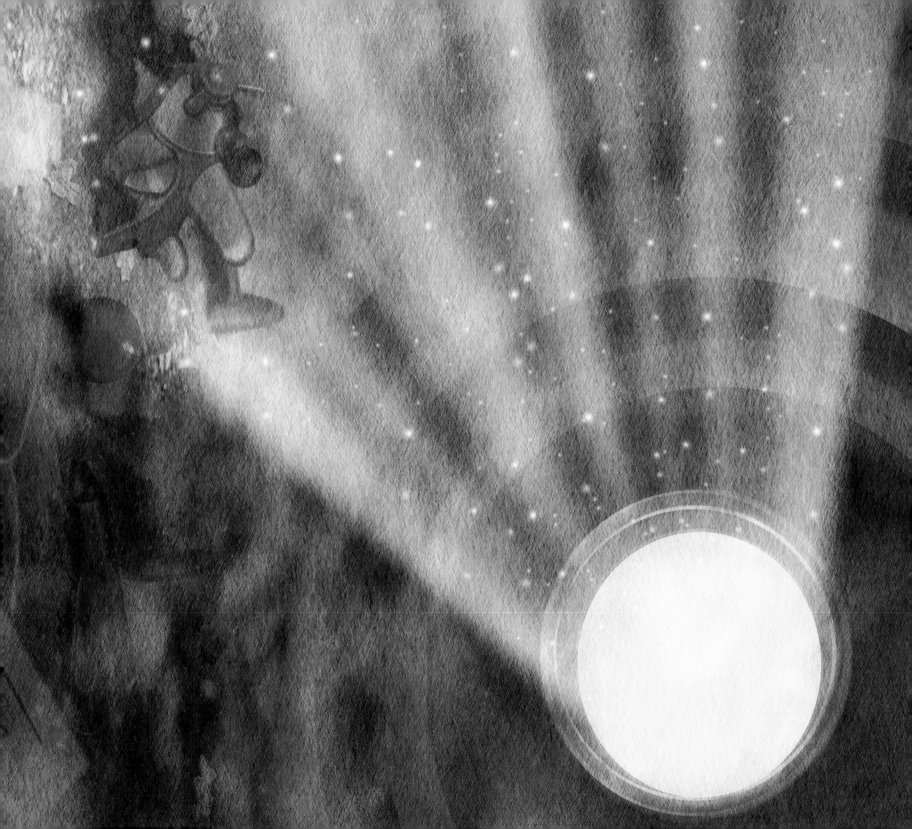

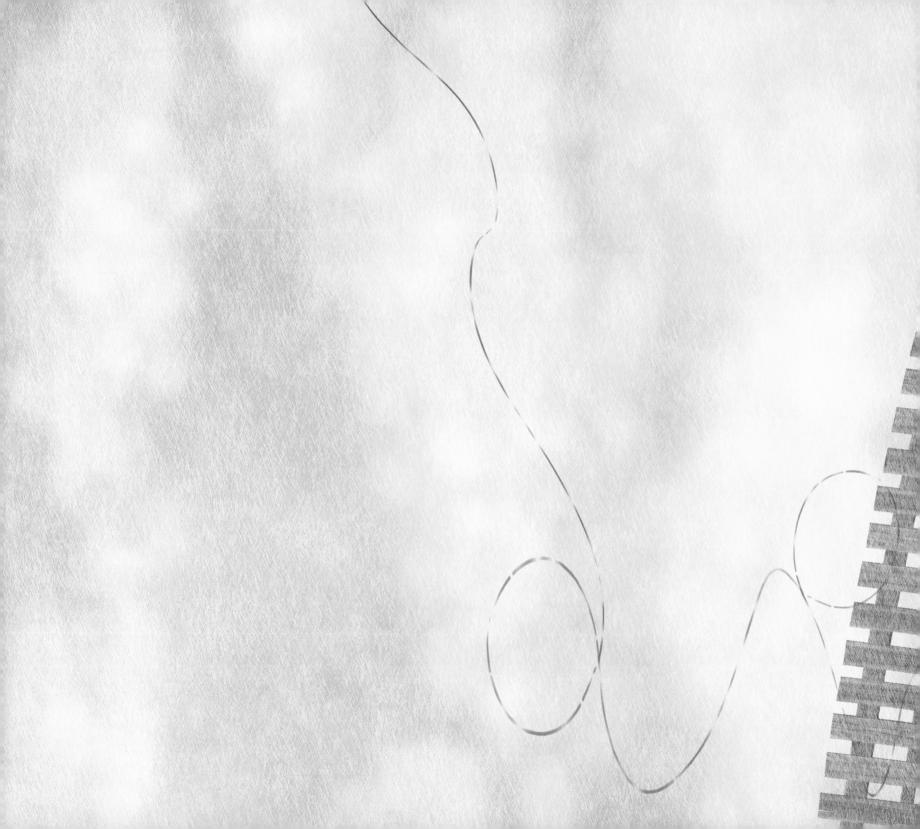

Et tout recommença ici.

Les cinq phases du deuil,
ou le modèle Kübler-Ross, ont été
introduites en 1969. Il s'agit d'une
série d'émotions ressenties à la suite
d'une perte ou d'une expérience
bouleversante.

Catalogage avant publication de Bibliothèque et Archives Canada

Watt, Mélanie, 1975-
[Bug in a vacuum. Français]
La mouche dans l'aspirateur / Mélanie Watt.

Traduction de : Bug in a vacuum.
ISBN 978-1-4431-4787-3 (relié)

I. Titre. II. Titre: Bug in a vacuum. Français

PS8645.A884B8314 2015   jC813'.6   C2015-901546-4

Pour toute information concernant les droits, s'adresser
à Tundra Books, une division de Random House
of Canada Limited, une compagnie de
Penguin Random House.

Édition publiée par les Éditions Scholastic,
604, rue King Ouest, Toronto (Ontario) M5V 1E1,
avec la permission de Penguin Random House.

6 5 4 3 2
Imprimé en Malaisie 108
16 17 18 19 20

Conception graphique de Mélanie Watt.
Les illustrations de ce livre ont été
réalisées à l'aide de médiums variés.

Mélanie Watt passait l'aspirateur lorsqu'elle a
accidentellement capturé une mouche. Se demandant si l'insecte
lui en voulait, elle s'inspira des phases du deuil pour écrire cette histoire.
Mélanie est lauréate de plusieurs prix à titre d'illustratrice et d'auteure
pour les séries Frisson l'écureuil et Chester. Ses livres se sont
vendus partout dans le monde à plus de 2,5 millions d'exemplaires.
Mélanie habite près de Montréal, au Québec.